ROME ET GAËTE

PAR

ACHILLE DU CLÉSIEUX.

PARIS

E. DENTU, LIBRAIRE-ÉDITEUR

PALAIS-ROYAL, 13, GALERIE D'ORLÉANS.

—

1861

ROME ET GAËTE

PAR

ACHILLE DU CLÉSIEUX

PARIS

E. DENTU, LIBRAIRE-ÉDITEUR

GALERIE D'ORLÉANS, 13, PALAIS-ROYAL

—

1861

Tous droits réservés

A PIE IX

Que d'alarmes, ô Christ ! que d'odieux complots !
La barque du pêcheur peut braver tous les flots,
Mais notre foi frémit d'une atteinte profonde :
Satan, que tu nommas le prince de ce monde,
Va-t-il, en nous frappant de son sceptre infernal,
Sur tes temples croulés inaugurer le mal ?

Certes, s'il est un fait éclatant dans l'histoire,
C'est l'Église alliant, dans un pacte de gloire,
L'autorité divine avec la liberté.
Qui donc de jougs honteux sauva l'humanité !
Ce qu'elle put un jour, ne le peut-elle encore !
Mais elle n'obéit qu'à quiconque l'implore ;
Et quand la violence a flétri son pouvoir,
Toute liberté meurt où n'est plus le devoir.
Dans un siècle où le doute, étreignant la croyance,
A fait qu'en Dieu lui-même on n'a plus confiance,
Comment oser remettre à l'homme ainsi troublé,
Un dépôt qui, par lui, peut être violé !
C'est triste ! c'est honteux !... pourtant, il faut le dire :

Dans le plus ferme esprit, souvent naît le délire.

Ce qui n'était qu'honnête, est bientôt déloyal.

Un fil sépare à peine et le bien et le mal.

Mais qui donc le tiendra ce fil imperceptible !

Le peuple !... Qu'est le peuple !... Un enfant irascible.

Les savants ?... Les savants s'accordent-ils entre eux !

Les poëtes !... Ils ont l'esprit aventureux.

Les grands spéculateurs !... Leur boussole est la Bourse.

Ils ne sont pas un guide... Ils sont une ressource.

Quelle main donc tiendra ce fil qu'on ne peut voir !

La main seule à qui Dieu délégua son pouvoir.

Tout pouvoir est sacré quand il est légitime.

Mais il n'est pas exempt d'une erreur ou d'un crime,

Il faut donc au-dessus de son autorité,

La puissance de Dieu... L'infaillibilité.

Mais dans l'humanité qui sera l'interprète !

O Christ ! que n'ai-je ici l'accent de ton prophète !

Faut-il donc ménager, en étouffant ma foi,

Le préjugé d'un peuple ou le courroux d'un roi !

Faut-il donc, triste enfant d'une France chrétienne,

Souffrir qu'un vain rhéteur de mes droits m'entretienne,

Droits sans frein, sans contrôle, et dont je n'ai souci ;

Car n'ai-je pas le droit de m'enchaîner aussi !

Et mon cœur, croyez bien, ne se sent pas moins libre.

Mais s'il est inquiet... s'il manque d'équilibre,

S'il lui faut un pasteur par Dieu lui-même offert,

Comme autrefois Moïse aux Hébreux du désert ?

De quel droit m'enlever cette main douce et sûre,

Qui des serpents de feu peut guérir la morsure,

Cette source à ma soif, cette manne à ma faim,
Cet espoir immortel... la foi du Christ enfin ?
La sainte liberté que l'homme nous refuse,
Est la lime d'acier; la dent contre elle s'use.
C'est l'arche d'Israël, la verge d'Aaron,
La mer qui, s'entr'ouvrant, engloutit Pharaon.
Un maître, quel qu'il soit, n'est après tout qu'un homme.
Les tombes des Césars font les pavés de Rome.
Un palmier croît désert sur le mont Palatin.
Le Forum est muet sous l'arc de Constantin.
Chaque antique débris gît là... comme un symbole.
La roche Tarpéïenne est près du Capitole.
Et dans le Colysée, un triomphe menteur
Ne fit pas le guerrier... mais le gladiateur.

Rome ! qu'adviendra-t-il de tes superbes dômes ?
Tant de grands souvenirs ne sont plus que fantômes !
Ta sublime campagne aux vastes horizons,
Couvre tant de tombeaux de ses épais gazons !
De leurs restes sacrés tes sillons sont avares.
Mais notre siècle, fils de tes siècles barbares,
Est inquiet, écoute... et dans sa sombre nuit,
Cherche à saisir l'éclair qui dans l'orage fuit.
Il prête à toute voix une oreille attentive.
Le Tibre a-t-il un flot plus plaintif à sa rive ?
La colonne Trajane ou la tour de Néron
Ont-elles pour échos le rire d'un démon ?
Le pèlerin s'émeut sous la vaste coupole.
Le Bambino protége encor le Capitole.

Pierre en sa basilique est souverain encor ;
Son autel resplendit de fleurs de jaspe et d'or ;
Sa statue est en bronze... et ce pêcheur étrange
A, pour graver son nom, la main de Michel-Ange,
Pour acclamer sa foi, le Cirque et ses martyrs...
Mais sa force est surtout dans les grands repentirs.
Et qui donc aujourd'hui se frappe la poitrine ?
Hélas ! on trouve encor la prison Mamertine,
L'anneau de fer au mur et la source qui sort.
Mais le soldat touché !., Non ! le miracle est mort.

Oui ! le miracle meurt, quand meurt la foi dans l'âme.
La foi peut-être encor, pour ranimer sa flamme,
A besoin de combats, de larmes et de deuil.
Le Christ ne fut vainqueur qu'en sortant du cercueil ;
Mais malheur à la main qui le lie ou le frappe !
Au traître qui le livre... au lâche qui s'échappe !
Malheur à ses bourreaux ! à ces cœurs sans pitié,
Malheur !... si, par son sang, tout n'était expié !
Ce sang divin toujours fait refleurir la terre.
Sans la croix, l'évangile est le sel qui s'altère,
Et la croix ce n'est pas un stérile ornement,
C'est la souffrance où l'âme est heureuse en aimant.
Il souffre et son amour seul pour nous le fait vivre,
Ce Pontife qui sait que la mort le délivre,
Qui supporte les jours comme on porte l'exil,
Et des prospérités redoute le péril.
Si la foi du chrétien dans tant d'âmes s'affaisse,
Il voit, en gémissant, cette indigne faiblesse ;

Du plus sublime espoir, son noble cœur épris,
A fait sous ses dédains reculer les mépris.
Peut-être, en retrouvant ce fils des catacombes,
Ces hommes empressés de profaner des tombes,
S'étonnant de vertus qu'ils ne soupçonnaient pas,
Sentiront le remords épouvanter leurs pas:
Ainsi, quand de la croix jaillit le cri suprême,
L'épouvante arrêta l'insulte et le blasphème.

Foyer mystérieux! soleil de vérité,
Qui n'éclairez le temps que pour l'éternité,
O prêtre! qui portez le nom si doux de père
Pour qu'en vous l'innocent ou le coupable espère,
Pitié pour ces ingrats qui se croient souverains
Parce qu'ils ont brisé le sceptre dans vos mains.
Mais de l'antique foi la foule détachée,
Est-elle autre qu'un corps dont la tête est tranchée?
Pitié! car il se cache en ce nom de pasteur,
Une grâce à fléchir la révolte et l'erreur.
Qu'ils reconnaissent donc l'ineffable tendresse
Qui même en ses rigueurs les attend ou les presse!
Le Sauveur mit en elle un trésor de bonté.
Malheur à qui veut être un fils deshérité!
O Père des chrétiens? O Pontife suprême!
L'humanité demande un immense baptême!
Les hommes sont cruels, sans savoir ce qu'ils font.
Mais Dieu sait ce qu'il fait et juge tout au fond.
Charlemagne et Pépin vous donnèrent un trône,
Aujourd'hui Dieu vous fait une plus riche aumône:

La couronne d'épine, et l'éponge et le fiel...
Mais pour nous, n'est-ce pas un châtiment du ciel ?

Le Christ peut se passer de culte chez les hommes :
Mais notre âme peut-elle, en l'exil où nous sommes,
Se passer de ces chants, de cette douce paix
Qui fait des cieux sur nous descendre les reflets ?
Le pauvre trouve là sa joie aux jours de fête,
Il sent dans leur éclat un rayon pour sa tête...
Et le riche inclinant son front devant l'autel,
Reconnaît son néant aux pieds de l'Eternel.
La sainte égalité ne règne qu'à la table,
O Christ ! où tu nous fais un banquet délectable.
La fraternité vraie est dans les âmes sœurs
Où la même espérance unit joie et douleurs.
La charité s'étend plus large et plus féconde
Quand la main qui l'a fait touche aux confins du monde,
Car cet argent, ces biens et ces présents divers
Sont le commun trésor où puise l'univers.
Pouvons-nous étouffer la parole divine
Qui sillonne le cœur comme l'éclair l'abîme !
Briser ces œuvres d'art inspirés par la foi,
Qui te disent, ô Christ ! Notre beauté, c'est toi !
Abandonner le temple et ses sombres portiques
Où l'âme semble errer dans les siècles antiques,
Et retrouver sa gloire en ces marbres pieux,
Comme un fils recueillant le blason des aïeux !
Pouvons-nous nous passer de ces flots de lumières,
De ces fleurs dont l'encens se mêle à nos prières ?

Quand le Christ au berceau, recevait à la fois
L'offrande des bergers et les tributs des rois,
C'était l'humanité dans ces simples images,
Rendant à l'homme-Dieu ses terrestres hommages.
Ces villes, ces remparts, ce peuple, ces soldats,
Font sa royauté libre, au milieu des États.
Qui donc du catholique a conservé la marque
Et voudrait voir sa foi sous le pied d'un monarque ?
Si Pierre au Vatican nous soumet à sa loi
C'est qu'après lui, le Christ la fait pontife et roi.
Roi des âmes... C'est là son empire suprême,
Sa grandeur peut briller sans l'or du diadème.
Son palais peut crouler, son trône être en péril,
Mais il est roi toujours... même au fond de l'exil.
Plus d'Église suprême... et bientôt dans le monde
Les hommes se heurtant dans une nuit profonde
Verraient surgir encore, en un culte nouveau,
Pour autel la terreur, pour prêtre le bourreau.
L'erreur ne peut jamais enfanter que des crimes.
Et ses adorateurs sont toujours ses victimes

Vous, princes de la terre en qui réside encor
Un pouvoir qui dispose et du fer et de l'or,
Qu'un mot d'insulte entraîne aux sanglantes batailles,
Pour un malheur plus grand n'avez-vous plus d'entrailles !
S'agit-il de garder quelques papiers d'État !
Il s'agit de sauver le droit d'un attentat.
Dût l'orage ébranler votre trône lui-même,
L'équité pour toute âme est le devoir suprême.

Quand un grand acte a fait l'honneur des nations,
Nul ne doit tolérer ses profanations.
Qu'importent les complots des esprits en démence !
Le trône du Pontife est une source immense
Où viendront, pour puiser l'espérance et l'amour,
Les peuples apaisés qu'on ne trompe qu'un jour.
Roi-Pontife : ce nom le rend-il donc coupable ?
Quelle tache a paru sur ce front vénérable ?
D'où viennent contre lui tant de traits acérés ?
C'est qu'il est le plus grand parmi les fronts sacrés.
Et la foule qu'on pousse à la haine, à l'envie,
De mille instincts mauvais trop souvent poursuivie,
Devient, en subissant le joug des factions,
Le bras ensanglanté des révolutions.
Et pendant qu'elle agit, plus d'un docteur pérore,
Le droit, on l'avilit... et le fait on l'honore.
Et pour rendre muet le Pontife insulté,
Un scribe a décrété son incapacité.

Princes ! c'est sous vos yeux que le mal se consomme.
Seule la France encor semble veiller sur Rome.
Mais quel est son dessein ? Que feront nos soldats ?
Resteront-ils toujours, eux si fiers... l'arme au bras ?
Que leur rôle pourtant pourrait être sublime !
Leur invincible épée ouvre ou ferme l'abîme.
Il leur suffit d'un mot : halte ! on ne passe pas !
La révolution ne fera plus un pas.
Ces guerriers ressemblant à l'immortel archange,
Ecraseraient du pied le monstre dans la fange,

Et les peuples trompés par de vils séducteurs,
Béniraient avec Dieu, leurs vrais libérateurs !
Comment ! le droit d'un Turc nous émeut et nous tente,
Et loin de la patrie on va dresser sa tente,
Semant, du plus pur sang, un sol qui reste ingrat,
Et le droit le plus saint... on l'abandonnera !
L'hydre dont on aura broyé la tête impure,
Revivra près de nous, guéri de sa blessure,
D'abord serpent sous l'herbe et rampant dans la nuit,
A cette heure attaquant au soleil, à grand bruit.
Voyez après les mots de la rue et du bouge,
Au champ d'honneur surpris, flotter la plume rouge.
Nos fiers soldats, ces fils d'Arcole et de Lodi,
Iront fraterniser avec Garibaldi.
Il peut dire de nous : voilà mon avant-garde !
Et d'un œil insolent peut-être, il nous regarde ?
Le chrétien ne craint pas de se voir dédaigné,
Mais le cœur du Français doit en être indigné.
Qu'importent les grands noms d'unité, de patrie,
Si d'une iniquité cette gloire est flétrie.
La patrie est surtout où Dieu garde ses droits,
Le citoyen du ciel n'a pas d'amours étroits !

Au pontife outragé laissera-t-on encore
Quelques débris du sol que son volcan dévore ?
Le coup inattendu qui désarme son bras,
Aux yeux des nations ne l'affaiblit-il pas ?
Il n'a pas comme vous, potentats redoutables,
Des bataillons épais, des vaisseaux indomptables.

Il n'a, pour opposer aux plus terribles coups,
Que sa propre faiblesse et le respect de tous.
Sa puissance, il la met dans ses vœux, dans ses larmes.
Mais sa plainte... est le cri qui fait courir aux armes.
Qnand les bras étendus, le grand-prêtre priait,
Le guerrier dans la plaine en héros combattait.
Si, pour son seul secours, le faible a la prière,
L'épée aux mains du fort est une arme plus fière.
Et la fierté sied bien au grand et noble cœur
Qui des droits violés se montre le vengeur.

Oh! si l'on s'adressait à l'âme de la France,
Combien de nos douleurs sortirait d'espérance!
Père Saint, menacé d'un coupable abandon,
Que notre amour du moins nous ménage un pardon!
Oui! s'il ne revit plus l'esprit de Charlemagne;
Si tout reste muet : Autriche, France, Espagne ;
Si le nom catholique est vain pour tous les rois,
D'un peuple tout à vous daignez faire le choix,
Appelez-nous du nom de soldat ou de prêtre,
Nous obéirons tous... comme à leur divin maître
Obéirent un jour les disciples aimés.
S'il nous faut être aussi proscrits ou diffamés,
Dépouillés de nos biens, exilés de nos temples,
Suivant de nos martyrs les sublimes exemples,
Notre âme est toute prête... et pour nous bénir tous,
Étendez votre main... nous sommes à genoux.

A FRANÇOIS II

Un héros !... que ce nom fait supporter d'outrages !
Qu'il ranime d'espoirs ! qu'il grandit de courages !
Jeune homme de vingt ans, mûri par ton destin,
Entends nos vœux d'amour de ton rocher lointain !
L'Europe, à notre joue, a jeté de sa honte ;
Mais l'âme, à se laver de toute tâche, est prompte.
Ce qu'il nous faut surtout, aujourd'hui, c'est un roi.
Un front qui porte haut la couronne... et c'est toi !
Bien ! courage, François !... digne fils de ta mère ;
Elle te voit du ciel... Si cette heure est amère,
Il en est que Dieu garde en son éternité...
Et déjà tu conquiers ton immortalité !
Ce que tu fais est grand ; ce que tu veux est juste.
Tu défends ton pays... et de ta main auguste,
Tu presses ton épée et tu signes ton droit.
L'asile de l'honneur est ce rempart étroit ;
Dans tant de lieux, hélas ! il perd de son prestige !
Tu ne peux te sauver qu'à l'aide d'un prodige ;
Attends-le... car le ciel, as-tu dit, est pour nous !
Oh ! le bras d'un croyant a de terribles coups !
Tiens haut ton étendard et brandis ton épée !

Une jeune âme aussi fut, en France, frappée
De cet éclair du ciel qui transfigure un front.
Jeanne d'Arc vainquit seule et vengea notre affront.
Notre patrie encore exalte cette femme ;
Mais comme elle, tu peux montrer ton oriflamme !
Jeune héros... peut-être un jour jeune martyr !
Va ! quel que soit l'éclat dont tu dois resplendir,
Sous le bandeau royal, ou la palme immortelle,
Ton rôle est glorieux, ta destinée est belle !

Mais voilà qu'emporté par cet élan du cœur,
J'oublie auprès de vous, Sire, une autre grandeur.
Une épouse... ou plutôt une sœur de votre âme,
Reine sublime autant que douce et tendre femme,
Anime votre ardeur... partage vos dangers,
Et contraint au respect ces hordes d'étrangers !
Que cet exemple est grand ! qu'il est beau ce spectacle !
La vertu peut encore enfanter un miracle !

Peuple napolitain, verras-tu sans horreur
Tomber morts ces deux chefs qui gardent ton honneur ?
Subiras-tu le joug d'une conquête inique,
Toi qui respires l'air de ton sol volcanique !
Aidé de ses forbans, le maître qui t'abat,
Vaut-il ta jeune reine... et ton roi qui combat !
Reviens à ton devoir et reprends ton courage !
Déjà quelques éclairs ont annoncé l'orage.
La fusillade éveille en plus d'un cœur surpris,
La vengeance, ou plutôt la justice à tout prix !

Viens ! sonne le tocsin dans toutes tes campagnes !
Arme-toi !... tu défends tes sœurs et tes compagnes,
Ton sol, ton nom, ton roi, ton Dieu, ta liberté.
Ce qui t'es le plus cher... et qu'ils ont insulté.
Détruit, déshonoré... pourquoi ? — pour qu'en échange
Ton front reste souillé d'une trace de fange ;
Ton cœur, séduit, éveille un tardif repentir
Qui n'effacerait pas le sang d'un roi-martyr.
Vois ces deux fronts courbés dans la même prière
Se redresser... prenant leur attitude fière,
Car ils ont la couronne... et savent que leurs droits
Sont dans la main qui tient les peuples et les rois.
Sur leur trône ébranlé... tous deux semblent t'attendre.
Nul péril, d'un degré, ne les en fait descendre.
Leurs soldats, élevant leurs glaives acérés,
Les acclament toujours comme des fronts sacrés.
N'est-il plus aujourd'hui d'auguste caractère !
Ne reste-il plus rien de sacré sur la terre !
Une tête royale où brilla la valeur
Pèse-t-elle donc moins que celle d'un voleur !
La royauté bénie... est-ce une erreur des hommes !
N'est-il de légitime, en ces jours où nous sommes,
Que le succès pervers, la spoliation !
Ou bien... chaque monarque a-t-il sa passion !
Faut-il voir le roseau, l'ironique couronne,
Le larron qui blasphème à la voix qui pardonne,
Le baiser d'un Judas après qu'il s'est vendu,
Et pour dernier forfait, un sang pur répandu !
Tout peuple condamné pour le poids de ses crimes
Pense-t-il racheter sa mort par ces victimes !

Non, Dieu ne permet pas toujours le Golgotha.
Quand l'Homme-Dieu mourut le ciel s'épouvanta.
Mais ce tressaillement enfantait la lumière.
Aujourd'hui, ce serait la crise avant-courrière
Du monde agonisant... car Dieu doit en finir !
Mais non... Notre âme encore a besoin d'avenir,
Et l'avenir pour nous, avant que tout succombe,
Ce n'est pas seulement la splendeur de la tombe,
C'est la patrie où brille un nom... la liberté !
Nom que souille une bouche où meurt la dignité.

Oh ! vous l'avez compris, grand prince, et noble femme !
La dignité ne vit qu'où vit une grande âme.
Et quand pour son devoir on est prêt à mourir,
Tout germe, à ce soleil, est bien près de fleurir.
Oh ! donnez-leur le temps, Christ ! de faire apparaitre
La dignité des rois qu'on cherche à méconnaitre !
Pour l'honneur de ce nom... que dans l'autorité
Marche, d'un pas plus sûr, la sage liberté !
N'êtes-vous pas, ô Christ ! le roi des rois vous-même !
Un seul vous glorifie en ce titre suprême,
Car il combat pour vous, pour son peuple et son droit ;
L'Europe l'abandonne... Il le sait, il le voit,
Et nul mot insultant ne tombe de sa bouche.
Sa confiance en vous est tout ce qui le touche.
Son cœur vit de sa foi, sa cause arme son bras...
Seigneur ! Dieu tout-puissant, ne l'abandonnez pas !

IMPRIMERIE DE L. TINTERLIN ET Cᵉ, RUE NEUVE-DES-BONS-ENFANTS, 3.

BUREAUX D'ABONNEMENT, 13, QUAI VOLTAIRE, A PARIS
ET A LA LIBRAIRIE DENTU, PALAIS-ROYAL

Paris........ Trois mois, 14 fr. — Six mois, 26 fr. — Un an, 50 fr.
Départements. Trois mois, 15 fr. — Six mois, 29 fr. — Un an, 56 fr.
Étranger..... Le port en sus, suivant le pays.

REVUE
EUROPÉENNE

RECUEIL
LITTÉRAIRE, POLITIQUE, SCIENTIFIQUE ET PHILOSOPHIQUE

Paraissant DEUX FOIS PAR MOIS, le 1er et le 15

Par livraison de 14 feuilles grand in-8° (224 pages d'impression)

Directeur : M. AUGUSTE LACAUSSADE

La *Revue Européenne* a rapidement conquis une place importante dans la presse périodique, parmi les recueils les plus estimés; elle doit la faveur qui l'a accueillie dès son origine au concours assidu, au talent consacré des hommes éminents qu'elle c.... parmi ses collaborateurs, autant qu'à cette portion notable du public qu'intéressent les travaux de l'esprit et les hautes investigations de la science.

Confiée aux soins d'une direction libérale, éclairée par l'expérience du passé, la *Revue Européenne* a cherché son originalité à une égale distance des sentiers frayés et des innovations bruyantes; elle a voulu tenir compte de tous les éléments, accueillir les hardiesses heureuses, tout en maintenant la tradition et la règle.

A côté des noms les plus autorisés, elle a groupé d'autres noms ou plus jeunes ou nouveaux, à qui n'avait manqué jusqu'ici que l'occasion de se produire.

Quelques-unes des études philosophiques, littéraires, politiques ou économiques qui ont paru dans la *Revue* sont devenues des livres recherchés.

Le mouvement des esprits, les besoins du temps présent, les événements contemporains constatés, suivis, expliqués par des voix dont nul ne conteste l'autorité : tels sont les éléments qui forment dans la *Revue Européenne* un ensemble de publications du plus haut intérêt.

La chronique politique de la quinzaine, soigneusement étudiée, présente aux lecteurs un avantage que chacun peut apprécier, celui de pouvoir résumer avec exactitude la situation, en puisant ses renseignements aux sources les plus directes et les plus authentiques.

Chacune des livraisons de la *Revue* contient :

Des travaux de littérature, d'histoire, de philosophie et de science;

Un courrier politique et littéraire des principaux centres de l'étranger;

Une chronique musicale, des théâtres et des salons;

Un bulletin financier;

Des articles ou un Bulletin de bibliographie.

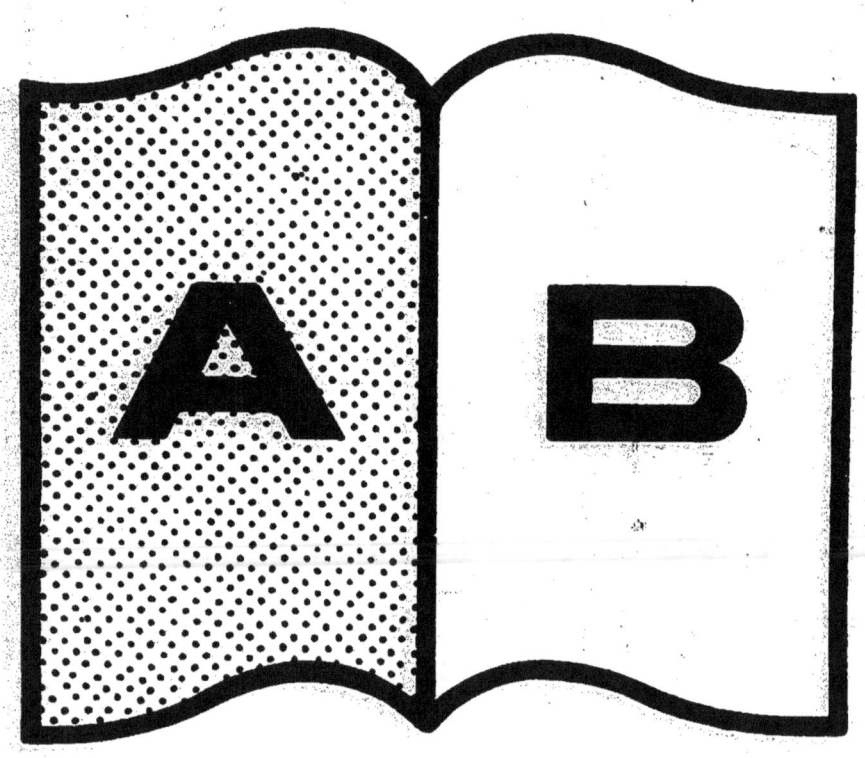

Contraste insuffisant

NF Z 43-120-14

www.ingramcontent.com/pod-product-compliance
Lightning Source LLC
Chambersburg PA
CBHW061519170626
46811CB00004B/1769